晩冬早春

西川才象
Nishikawa Saizo

六花書林

晩冬早春　＊　目次

装幀　真田幸治

晩冬早春

富士登山

ストックに込むる力よ富士山の面に痒きところあるべく

美しき日本語をもてガイドする在日の彼に声
かけられず

芥川龍之介作「蜘蛛の糸」その一節のごとき
連なり

バーコード状に並びて眠る夜の耐え難かるを
耐えるほかなし

きららかに装備そなえし少年が父の叱咤に応
えて立ちぬ

御来光待つ間に見たり赤々と燃ゆる天馬の生まるるところ

鼻梁より伝う雨粒ひとつ舐む予報通りに荒るるか富士よ

荒天を寝てやり過ごしその後は山場の過ぎし
映画のごとし

登山口に今日も繫がれ客を待つ独り遊びに長
けたる老馬

くじゅう黒岳登山

朝かげのようやく届く林道に似つかわしけれ
細き身の人

「冷たい」と一人が言えばその幹におのおの
触れてわれら連なる

山ガール二人に増えてかしましきこのパーテ
ィーをなお愛すべし

山神の利益《りやく》あるべし道すがら枝に頭をぶつけたる身に

パーティーの一員にして口数の少なきわれは歌なぞを詠む

大岩をその根に抱き生くる樹の覚悟の熱さまたは冷たさ

一人一人石を積みゆきその挙げ句小山となせる大人の遊び

下り道つらくて人家の匂いするせぬとの声を
ただに聞くのみ

人間の愛《かな》しきすがた霊木にもろ手ひろげてし
ばしすがれる

ストックを畳む夕暮れ張り詰めていたる心も
やんわり畳む

ちりぢり

師走半ばの当直明けの苑庭のあたらしきかな
落ち葉一つなし

もみじ庵の紅葉ちりぢり散り尽くし芝生の上
に斑なしぬる

銀杏の葉舞い込みてきし瞬間がありしかバス
の運行中に

のど飴とそれをくれたる優しさをマスクの下に隠し味わう

冬晴れの今日を逃すな南棟片っ端から窓ガラス拭く

一人への想い次第に薄れゆき今は真水のごときを湛う

霙すら行く先々に降らしめてわれを試さん神いますらし

祖母の体軀

リーダーと距離を保てり一人二人誰か間にいるかのごとく

刺激的過ぎやしないか足元に杉の枯れ葉の鋭く香る

熊笹が芽を出しており利発なる子供を見るがごとく愉しむ

祖母山に登りつつ思い出だすなり祖母の体軀
のかのなだらかさ

誰かしら滑りし跡のてらてらと笑えと言わん
ばかりにぞ輝る

霜柱踏みつけられし悲しみにこの身をぐっと
引き寄せて見つ

気高さは真面目さにして山中のアケボノツツ
ジの開ききるさま

魔法瓶の魔法信じて容れてきし湯を味噌汁の
カップに注ぐ

おにぎりを作らんがため早起きをしてくれる
人がいるということ

八合目拓けしところにおわします延命地蔵と
しばし憩えり

上りより下りを嫌うわが足をなだめになだむ
声には出さねど

梅ちぎり

捥《も》ぐという優しき暴力果てしなく繰り返さん
か言葉なきまま

梅の実の赤らみにふと思い出す同級生の女子
の頰べた

梅の実がコンテナの底を軽妙に叩きてやまぬ
初夏の音

コンテナに梅の実の嵩が増してゆくかかる速
度に時間は実る

蛍か否か判別できぬ虫一つ手の中にしばし包
みていたり

運転免許更新の列おおかたは双子座ならん人
たちの列

稲星山登山

山中に脈打つ沢の水の音に寄りつ離れつしながら登る

先達の付けたる道のありがたさ踏みしめてゆく頭《こうべ》垂れつつ

熊笹を掻き分け掻き分け進みゆく手荒き祝福を受くる心地に

汗の臭いすさまじきとき神託は下る己を見つめよとこそ

山頂に子供が飛ばすシャボン玉は思いのほかに強度あるらし

生まれくるシャボン玉にてそれぞれに命のかぎり虹色ともす

行き道に四度も逢いし瑠璃色の蚯蚓《みみず》に戻り道には逢わず

下り道疲労困憊したる身に涼風きたれば立ち
止まり浴ぶ

惜別の声は出ずとも下りゆく道に名残の汗し
たたらす

菊池川

川に来れば川のにおいを懐かしむこの感慨の
由来はるけし

渡し舟ありし頃より目に見えて痩せたる川に
向かうひたすら

船着き場の名残見えざる対岸の緑の中に鳥ら
いさかう

ふるさとの川の流れは緩やかに何か優しきも
のを運べる

ふるさとの川に向かいて述懐す憎まれごとも
為ししあの頃

夏の夜に橋の上より流したる笹はも今や天《あま》をさすらう

あの子にもありやあらずやかくのごとくただただ川と向き合う時間

晩秋の光あつまる清流の深きところのふかみどりいろ

忘れたる頃に水面にはねあがる魚のごとくにわが友はあり

この川を校歌にうたう学び舎に流るる時も緩
やかであれ

雪の仰烏帽子山《のけえぼしやま》

雨男のわれを差し置き春山に雪降らしめしかれ雪男

雪を踏むこの感触は遠き日の新聞配達の朝へ
と通ず

連れ立ちて雪踏み締めて行きゆけば神事のご
とし春の初めの

神よりの言葉か知らずわが肩の上に落ち来し
雪塊のあり

声立てず笑まうよろしさおのが名を福寿草と
も知らざるままに

雨粒に雪は穿たれそこここにダルメシアンが寝そべるごとし

山里に棲む人々の生業を口々に語るよそ者われら

生死

紙に切る五弁の桜百五十　春の異動の置き土産とて

情けなき心にあらず桜花散らせる雨も実直さゆえ

桜花散れども死なずそこかしこ地《つち》の窪めるところを示す

かき集めかき集めきし花々を懇切飾りて花御堂と成す

道行きの床屋の前に女児一人うずくまるがに芝桜咲く

棄てられし自転車にしておのずから錆びたる
鉄の究極を目指す

菊水西小学校運動会

運動会の朝にも花に水をやる彼の務めの清々しけれ

水鳥の雛にも似たり紅白帽まぶかにかぶる一
年生は

号砲に少し遅れてわが坐せるテントに火薬の
臭いが届く

覚束なき足取りに目を離し得ず父を背負いて
進む子ありて

真ん中はここぞと誰かくっきりと折り目を付
けし鉢巻を巻く

鼓笛隊今や無くなりベルリラもベルリラ叩く
女子もまぼろし

万国旗に並ぶ大国も小国も平和であれな子供
らのため

土の上にて

照り返す五月の熱の立ちながらけぶれるが見ゆ
朝の歩みに

生き様を見よとばかりに川の辺を選びて下がる山藤のあり

仏頭に似てしずもれる木苺の一つを摘みて口に入れたり

息絶えし野兎の子を匿したる森の自浄は首尾
しずかなり

いささかの邪念も持たずここにあり蛇苺とぞ
名付けられしが

童謡の歌詞のごとくに現れし蛇ゆえそこにい
てもよしとす

真昼間に紋白蝶の遊戯ありいな修羅場あり命
ひたすら

青紫蘇を樹木に見立て闊歩せり悔しきことも
跨ぎ越すべし

農村に流るる時の平坦にうぐいすが打つ句点
読点

今生に生まれては逝く風たちにただに吹かれ
てやる土の上

草刈ればあちらにも草を刈る誰かくしゃみを
一つ二つ三つして

刈られたる草の嵩より這い出でし天道虫の羽
が日に照る

花しょうぶ紫色の花びらの肉感豊かなるを接
写す

百合の花大きく大きく開きゆくついには誰ぞ
呑み込まんため

現れし百足を叩くよどみなくうねり進める叡
智を叩く

燕らの乱舞に蜻蛉も混じりいて斬りに斬らるるわが庭の宙

電線にしばし休めよ初夏を舞うがさだめのビロードの羽

ほととぎす親がおらぬと鳴く声が今日は聞こえぬいつもの梢

撫でながら泥払うこのジャガイモに生死のあらばその岐路いずこ

海越えて憂いはあれど日本の早苗田律儀にとのいにけり

燕らは礼も言わずに旅立つと微笑みながら父は嘆くも

蜂どもが南瓜の花をくすぐりてやまぬ真昼に
雨の降り初む

蜂どもは花に用あり人間は実に用があり生業
それぞれ

葉のかげに眠る南瓜の子がありぬ翡翠の玉の
ごときその顔

干し柿と見紛うほどにしぼみきり死にし南瓜
の子もありにけり

デルモンテ、チキータにウィル　舶来のバナナの箱に南瓜を収む

雨降りて部屋に寝そべるだけの人深き思索も詩作もなくて

日本語の変容の果て何がある瓦煎餅かみくだきつつ

一本の鋏に理髪されてゆくこの極上の時をしゃぶらん

連綿と引く血脈の力もて鍬打つ響きうつくし
くする

ペーロン大会

川の上ひとすじ渡る万国旗を千切らぬほどに
吹き通る風

選手らがおのおのの羽織るその色の実に明るきライフジャケット

照り返し強き川面の上に出て全方位より焼かれていたり

過ぎるほど夏空晴れて舟底に溜まる塵さえ炎熱の的

あやまちて時にオールが持ち上ぐる水すら川の恵みとし浴ぶ

百足には事実何本足がある　八人で漕ぐ舟が
進まぬ

子供らに叩かれてさえ折り返し地点のブイは
涼しげな顔

川の神はた水の神もろもろの神のまなざしこ
こに集まる

今日より師走

わが家にて狼籍をせし灰猫の面が割れたり今
日より師走

初霜の朝の空気を吸い込みてわれは身ぬちに
何をあらたむ

薄ら氷の若き心のぴしぴしと音立て割れしの
ちの鋭さ

くぶるため掃きためたるは枯れし赤乾きし赤
に色褪せし赤

竹林にひそむ墓所にて南天は色赤けれど饒舌
ならず

「かゆいところはないですか」とぞ墓石を洗う時にも声に出でたる

寒空に桜老木かろうじて一糸まとえり白銀の糸

春立つ

鐘の音は細くたなびき立春の朝の空気に染み
入るごとし

火種にと引き出してきし三十年前の悪書の燃えなずみおり

人恋うる心いまだに朽ちざるや自ら問えり薪をくべつつ

さまざまの関わりありて太きゆえ燃え難き薪
のごとし一人は

懸案にけじめをつけて立春の夕べ早々と湯船
に浸かる

遠戚を見ているようで報道に暴るる象を見るは悲しき

うっそりとほほえむ庭となりにけり今日白梅の咲きそめてより

風ぐるまをあちらこちらに吹き遣れる風の仕業は子どもの仕業

白梅の勢いしばしとどめたる今度の寒気は剛の者めく

捧ぐるかはた戴くかまっすぐに天指し伸びる
白梅の枝

晩冬早春

薄日さす土手のなだりは枯れ草の色の勝りて
まだ冬の絵図

冬の草刈られし土手の爽やかさ爽やかすぎる
は寒さに通ず

白梅の花散りつもり散りつもり油絵の具のご
とく重なる

閏日の晴れたる午後に雪こぼる舞台演出の不
手際に似て

色赤き蕚の賑わい白梅の優美の時もたちまち
終わり

三月の霜をかむりて甲斐犬の猛き毛並のごとき切岸

今はまだ何も言えぬという体の硬き桜の芽をつつきたり

晩冬早春めぐる季節のその間《あい》に開く命の花に
涙す

スランプグラフ

朝の鐘聞き逃ししを些細なるささくれとして
一日過ごせり

一年ぶりの春山登山を阻みたる風邪はいずか
たよりの使者なる

水仙の細身細首愛でながらついに「お前」と
呼んでしまえり

満開の桜に嵐　誰一人なぶることなくわれは
来たりし

小雲雀の統ぶる時間も空間もたかが知れたり
本日快晴

飛び交える異国語がもし弾ならばわれは即死
かバスの車内に

胃袋の中の暗闇思いつつポストに食わす葉書
一枚

自らのスランプグラフの下降線ありあり見ゆ
る四月なりけり

久住山登山

絶好の登山日和ぞ蒼天にはるばると魚の背骨
えがかれ

ヒグラシか定かならねど鳴き出だす痛快にし
てうら悲しき声

ともすれば目にも見えぬかカッコウの声悠然
と山々渡る

道筋を示すペイント岩々は黄色く塗られ日月点々

大岩にもたるる時に聴く声の「案ずるなかれ浮世のことは」

隻腕の人が頼めるストックのはたらきぶりも
見つつ登れり

「転ぶ」には棄教の意味もあることを目覚む
るごとく思い出したり

頂が見えれば速度も速くなるその理をいま体
現す

何人もいとおしきかな蟻の子のごとく山路を
たどる姿は

山頂に命やどせる草花に誇らしげなるもの皆無なり

あなたなる青き山々よ神々よかくも小さきわれを嘉せよ

存在と時間

うなだるるさまとはなるまじ正門へ続く坂道
顔上げ登る

勤務表まじまじ見つむ休日を基点に生くる者
の性にて

高らかに理念に謳う〈愛情〉は目に見えぬ花
のごとくあれかし

「先生」でも「看護婦さん」でもあらねども
「はい」と答えて用件を聞く

金の斧、銀の斧など思いつつ取り落とされし
スプーン拾う

ぷかぷかと大浴槽に浮かべたる柚子の一つは
かじられてあり

刺青と見えたるものは血管なり百歳の腕にし
かと走れる

厄あらば落ちよとばかり老い人の爪切る時の
いさぎよき音

「陽のあたらぬ」と言えば思い出す杖一つ居
室の隅に立て掛けられて

あぶくのごとき笑みを浮かべていはせぬかい
つもの作話に耳を貸しつつ

「どこから来た」と何度も聞かれ人類の始原
の頃まで思いは至る

御前試合にて引き面打たれ敗れたる悔しさあ
りありわれに託さる

思い出すごとく見上ぐる夜の空　誰に研がれ
て冴ゆるか月よ

冷蔵庫の前にて心も立ち止まる会葬礼状貼られてあれば

宵越しのわれは鼓舞さるシェーバーの余力みなぎる振動音に

夜勤明けわが身の内のほとぼりのまだ冷めやらぬ殊に眉間《まみあい》

サンダルをデッキシューズに買い替えてかくまで軽くなる足取りか

おとなしき獅子舞なりき「年寄りの頭を噛め」
と言いつけしものを

閃きて脳裡に浮かびし顔あれどその名出で来
ぬまま三日経つ

車椅子回れ右させ本日の主役の雪を眺めてもらう

舞う雪もえまう桜も同じことこれが最後になるかもしれず

亡くなりし人の所持品まとむれば段ボール箱
五箱にて足る

持ち主のいなくなりたるトランプの婆の眠り
も安らかであれ

節分の鬼はもとよりわが子すら怖いと言える
人に寄り添う

紀元節生まれの人と関わるは五人目ならん一
人目は母

賑やかさと騒々しさは明らかに違う　私も貝
になりたい

誰の心も穏やかであれ夫婦雛を眺めつつまた
眺められつつ

口の中苦くなるゆえわれもまた辞めゆきし者
のことは語らず

全体の利益思えば今のままここに置くしかな
きこの身なれ

冬を越す難しさ現にあるなれば春にかたむく
心引き締む

雨の日々

今日もまた無量大数の雨が降るこの世の終わ
りかと思うまで

大いなる雨冠を被りたる日本国土の片隅に居り

銀色のランドセルを見し記憶すら閉ざすがほどに猛き雨脚

雨の色は何色かなどひとときは病める詩人となりて夢想す

白髪を薄紫に染め上げし婦人あらわる稲妻光り

備わりし知覚いとおし断続する雨の合間に啼くホトトギス

感情の起伏がまさに断続する雨にも似たる恋人ありき

恋人と午後の時雨を凌ぎたる桃色の傘のその
後を知らず

久々に晴れたる朝の鐘の音が過ぎたるほどに
耳に付き来る

沈思黙考する者の邪魔は致すまい梅雨の晴れ間の老蝸牛

やがて来ん雨を待ちつつ合戦の前のもののふめく心あり

悲劇はた喜劇のごとく律儀なるワイパーがいつか羽目を外す日

隔世の感と言わねど驚きぬ雨蛙すら恐るる女子に

長雨を尻目にぐんぐん育ちゆく末は波打つグリーンカーテン

いつだって訃報続きのこの世なり服喪のごとき梅雨明くるとも

京都一人旅

現より逃るるごとく入りきたる京の都のふところ深し

地下鉄駅「からすまおいけ」のアクセント忘れまじとてまた口ずさむ

白雨一転からりと晴るる奇遇あり晴明神社にたどりつく頃

あからさまに金運願う恥ずかしさ御《み》金《かね》神社を
詣でつつ思う

金鯉の泳ぐ茶店の宇治しぐれ終いの方はすすり上げたり

二日目も夕立に遭うためらいのなき夕立をわれは歓ぶ

京都駅に降りし一団は全国戦没者追悼式京都府遺族代表なりき

本妙寺

朝顔の発芽のごとくゆっくりと駅に近づく車
両いとおし

手ぶらにて外出をする少数派が一人颯爽と下車してゆけり

空模様さだまらず今は雲去りてもろに陽射しを受くる参道

いかんともしがたし五ヶ月半経てど墓石灯籠
倒れたるまま

倒れたる墓石のそばに寄り添うは薄紫の名も
知らぬ花

参拝者または散歩者境内にすれ違いしは老年一人

烏帽子型兜まぶかにかぶりたる清正は顔認証されず

愛馬とうかなしき響きとこしえに帝釈栗毛の
睫毛は濡れて

日本一文字数多き御朱印を待つ間そぼ降る雨
を見ており

香椎宮

香椎宮までのみちゆきやわらかき雨にまぎれてものの香ぞする

花札の絵柄さながら神官が傘さし祭りへ向かえるところ

みくじ引き恋みくじ引き境内を一参拝者われはただよう

雨やみしばかりの空を子供らの叩く太鼓の音
が乾かす

幅広の紅き鉢巻き　子供らの加わる祭りこそ
未来なれ

つつしみて宮を辞すなり獅子楽の序破急の急
にさしかかるころ

香椎宮の夜の姿やいかならん　いかならん巫
女の夜半の姿や

秋もはや

秋もはや深まりゆけり蜻蛉《あきつ》去り神のお告げも
聞かざりしまま

季々に憧れ愛づる花ありて今ぎざぎざと開く
白菊

思うまま伸びて開きて白菊は白菊ながら竜の
態《てい》なす

薄桃の小菊もあまたはべらせて白菊の竜のまどろむ真昼

晴耕も雨読もあらぬこのごろを恥とも言わめ秋天の下

今しがた刈られしばかりの襟足に森羅万象の
視線を感ず

少しばかり時を違えて開きたる桜は媼　笑っ
て赦す

ペットボトルの風車あまた居並べり　いずれも牛馬のごとき貌して

〈雷電〉と名付けたりしがなかなかに回ってくれぬ蒼き風車

手水舎《ちょうずや》に口すすぎたき衝動は音もなく湧く水
にか似たる

風浪宮の木陰に点々柿色の灯るは園児の帽子
なりけり

雲のはし舐むるごとくに漏れいでて月かげは
いつも静かに怒る

月かげに照らされ伸びしわが影はもの言いた
がる昼間よりなお

起き抜けの喉に水をぐぐらしむ雷とどろける
晩秋の朝

桃色のマスクを着けて病院の窓口業務にいそ
しむ天女

病院の待合室に生まれくる言の葉を聴く火にあたるごと

あきらけき矜持としてや紺ずくめ女子高生の襟のみ白し

神々も夢見る頃をいずくにか寝つけぬ犬のまたひとつ吠ゆ

ハザードランプ

朝明けに湧き立つ雲は山ならず山ならねども
われをいざなう

朝かげを思わする曲連なれるアルバムに今朝
も力をもらう

「おお」という声低く洩る高速道行く手に表
裏なき日の出見え

右に左にブレザーの肩振りやまぬ自転車通学
の女子を追い越す

些細なる心残りにあわく笑むハザードランプ
灯しそこねて

ひもすがら芒の群れを揺さぶるは風神ならず憤怒の車列

唐獅子も麒麟も居りて愉しげなり川の面をはしる朝霧

着実に冬至に向かう日々たのし希望のあした
安堵の夕べ

冬の一端

あやまちて傷をつけたる百日紅の樹皮より覗
くいのちまみどり

野禽にも顧みられず諦めの朱《あけ》ひといろに烏瓜あり

激情を知る者いまだ知らぬ者入り混じる庭先の唐辛子

パール柑実りしままに動かざる奇しき力学も
冬の一端

もみじ葉を焚きつぐ夕べ人生の彩りのほんの
ひといろとして

冬の陽の合力も得て芒穂がきわめんとする黄《こ》金《がね》白《しろ》銀《がね》

朝霧のさすらう川べ青鷺のひとり来たりてひとりもの思う

薄ら氷を踏み割る時に立つ音の「ラピス、ラズリ」に背徳を感ず

万事オーケー

感性をまだまだ磨きたかりしがなすすべもなく冬を見送る

蒔田さんをはじめ〈さくら子〉いくたりか思い浮かべている春の前

人界の大事小事に関わらず白梅は今をひたすら香る

銀色の郵便受けと白梅の語らいもあれわが午睡の間

こともなき小庭の梅を褒められて顔ほころばす酒席の隅に

咲き継ぐということやめぬ白梅の心根知れぬ
ままの日々なり

白梅はおんな　いずれの花びらも紅さしてい
る散りしものさえ

出家せし女のごとき潔さ白梅は枝剪り落とされて

万事オーケーめぐりくる春三月の今日の光は待たるる光

はるさむ

真夜覚めて部屋の隅なにか言いたげなるもの
の気配はまさに春なり

水引の結びの意味も改めてこころえ新築祝いに参ず

白梅に慣れし目線をやや下げていま盛壮の黄水仙見つ

この庭を統ぶる香りも水仙にあらたまりしか
しばし目つむる

桜花まだ咲かぬぞと一徹の心は人を試すがご
とし

心静かに待たんと思う待たさることはすな
わち試さるること

酒宴より抜け出て来れば桜花ほつりほつりの
はるさむの夕

ぬくとさをやおらもたらし一枚と数えて然る
べき春の雨

花まつり終わりしのちの水仙は花器に移され
まだ命あり

浄土

「そなた」とはわれのことかや花の下ひとり
憩えば呼ぶ桜神

永遠《とわ》に未知なるきらめきとして旧字体「櫻」
の頃のさくら恋うるも

とある馬の命日とのみ記憶する四月十四日花
ふりみだる

その意志の重さいくばく紋白蝶吹雪く桜のも
なかに揉まれ

ずかずかと誰に喚ばれて来しものか雨が桜を
苛めにかかる

花の房ほどけて日々を尖りゆく桜ぞ心して拝すべし

人の世を眺め散りゆくさくらにはさくらの浄土　南無阿弥陀仏

さくらばないざさらばまた逢う日までわれも
内《うち》外《そと》あらためて待つ

ゆっくりと前に進む

挨拶すらしたくなき日よ四十過ぎて声のしゃがれしこと口実に

つつしみて朝日浴びいるわが内に何か育てよ
結石のほか

正直に書くべきか否か考えて正直に書くスト
レス調査

体力は言うまでもなく気力すら落ちゆく事実
鉄のごとしも

今日もまた赤き眼をしているわれに気付けよ
誰か気付くな誰も

研修にわが行くあいだ空く穴の大きくても小さくてもわれには辛し

標的を作らねば自己を保持できぬかなしき性も事例と呼べり

十二月生まれの恋の蕾にて蕾のままに死なしめにけり

日常に疲れたる身に静寂はときに波濤のごとく迫りく

慰めもせずかと言って嘲いもせず痩せたる月
を見ていたきのみ

挿されたる花のごとくに職員のこぼせる愚痴
を聴いているひと

食事摂取量連記せしその余白歌の種子ひとつ
走り書きせり

帰宅願望著明なる人しまいには倒置法にて訴
えてくる

記名なき殊に暗色の靴下が無縁仏のごとく溜まりぬ

友達がぽつりぽつりと死ぬたびに父の心に穿たるる穴

遠き日のわが掌《て》の上を飽くまでも後ずさらんとせし蟻地獄

寒ければ歩む速度を上げるまで　さて人生にもそれが言えるか

痛烈なる批判の言葉浴びているこの状況はまさしく直喩

全力とあらばうべなう真向かいてわれを否定にかかる女を

然るべき折り目つけられぬ年度末ゆるみきっ
たる春の空気見ゆ

積み残る仕事の脇の吹き溜まり雑事雑事がま
た寄せてくる

「さくらさくら」唱えば歌詞の二通りありて
集約せぬ花の宴

仕事終え下向く矢印前庭の夜桜見れば少し上
向く

春の風邪長引きたれば少年のごとき裏側のわれ出づっぱる

たかぶれるあなたを春のせいにして申し訳なしあなたにも春にも

御守りの小鈴をやたら鳴らしつつ歩けばわれも不穏なる者

健診日飲食絶ちてあわよくば神に仏に近づかんとす

どうしても花いちもんめめくゆえに居室変更の案出し難し

十五年ここに勤めて次第次第好きになりたるブラックコーヒー

糧食としての思い出まだ足りず旅に出たがる
小さき旅に

加藤神社武将みくじに気づかさる忘るること
も必要なりと

胸はずむごとき約束も遠退きしわれを斑に濡らす木漏れ日

雷《いかずち》の神いでましし夕つ方現状打破の一撃を待つ

尾道行

怖ず怖ずとクラブサンドをかじりつつ尾道へ
行く電車を待てり

向洋に何かあるべく乗客の三割がほど捌けてしまえり

水張り田はどこまで続くおのがじし担い支うる広島の空

古寺巡り順路に従いいそいそと地元民家をく
すぐりてゆく

毛繕い、あくび、うたた寝尾道の猫は人にも
増してはたらく

石垣に触れて温度を確かむる余裕もあらず道
を急げり

ロープウェイの乗客となり見下ろせば艮《うしとら》神
社あられもなけれ

古寺巡りざっとめぐりて遅すぎる昼食として
レモンパイひとつ

特急かもめ

つばめよりかもめに馴染む人々の間《あい》に入らず
デッキに立てり

〈白い特急かもめ〉の速度によぎれるは佐賀
の荒草〝雑《ぞう》〟と言いつつ

雑多なる心身運ぶ車両ゆえ荒ぶる音の憚りも
なし

特急の一駅の間怠らず来たる車掌は細身の麗人

ステンレスの手摺りを早も温めたるわが左掌の馴れ馴れしさや

落とされし切符をすぐさま拾いしは善意が生せる瞬発力ぞ

各社ごと意匠を凝らし佐嘉神社八社めぐりは極小旅行

見も知らぬ街とは言えど平らかで穏やかなる
を幸として立つ

八月の色

パール柑青くて暗き居ずまいが五百羅漢のごとき八月

半島のごときかたちの草むらが栗の若木に迫らんとすも

時々は遠くの緑眺めつつ近くの緑刈り尽くしゆく

入道雲あなうつくしと仰ぎ見つおもねるというわけにあらねど

ターコイズブルーの散水車ひるどきを我が家のそばにて休みていたり

冷水にもろ手を浸し手首より先のみ白きわれ
と気づきぬ

産む時の産まるる時の苦しさや夜空に金の柳
は枝垂れ

秋風

何がなし九月の声を聞きてより木々の緑の翳
ふかみけり

長かりし夏の名残の草むらに音《ね》のみにぞ聴く
鈴虫は風

われながら何を今さら思い出す朱夏という名
の少女《おとめ》ありしを

タオルケットを蹴り上げしとき立ちたるはバケツ一杯がほどの秋風

是非もなく好き日とすなり玉虫の翅一枚を拾いしのみに

ひとしきり哭いてそののち閑かなり蚊は出る
幕を知れるがごとく

彼岸花に寄る黒揚羽この世とはもしやあの世
の反転なるか

容赦なく刈られ倒れし彼岸花これが狐でなく
てよかった

青苗が黄稲となるその間の苦楽の苦より思わ
るるなり

跋

三井ゆき

西川才象さんの『晩冬早春』を読み終えてつくづくと短歌って純文学なのだとおもった。そのような視点から読みはじめたわけではないのに、対象との距離のとり方や媚のなさ、情緒に流さない自然との融合、日常生活のなかで深めた思索の昇華など、読了した結果としてそうしたおもいがわきあがってきた。

西川さんが「短歌人」に入会した当時は首都圏の学生だったように記憶している。それが一九九九年に九州の熊本に帰郷した。その後作品を見かけることが少なくなっていった。ある年、二〇〇五年、六年ころであったろうか、「短歌人」の若い人数人と府中の東京競馬場に出かけた。ユキチャンという白馬が出走した日である。その帰りの飲み会で休詠中の人たちのことに話題が及んだ。だれもが西川さんの休詠を残念がっていた。数日後わたくしは西川さんにいちまいのはがきを書いた。カムバックの勧めとみなさんのことばが呼び水となればという願いをこめてのことであった。

ぽつりぽつりと作品が届くようになり、二〇一四年からは無欠詠で今回『晩冬早春』を出版するはこびとなった。とにかくうれしい。

と、ここまで書いてこれ以上いうことはないような気になるのだが、印象深い作品がたくさんあるのですこし触れてみたい。
たとえば次の作品。

落とされし切符をすぐさま拾いしは善意が生せる瞬発力ぞ

目にした光景であろうが「善意が生せる瞬発力ぞ」という洞察力に驚く。夏になると溺れる人を助けるために命を落とす人が何人もいてこころが千切れそうになるのだが、その理由をつかみかねていた。その縮小がこういうことで、つまり善意の瞬発力といえることだったのかもしれないとおもわせられた。

熊笹が芽を出しており利発なる子供を見るがごとく愉しむ
忘れたる頃に水面にはねあがる魚のごとくにわが友はあり
痛烈なる批判の言葉浴びているこの状況はまさしく直喩

直喩そのものが主題の余裕ある歌にはおもわず微苦笑だが、「利発なる子供」や忘れたころにはねあがる友ととらえた表現の新鮮さにとてもこころひかれる。

時々は遠くの緑眺めつつ近くの緑刈り尽くしゆく

には、なにごとも見通しながら現実の処理の手法を知っている手堅さが感じられ俯瞰的な視点というものをみるおもいがする。

棄てられし自転車にしておのずから錆びたる鉄の究極を目指す
ステンレスの手摺りを早も温めたるわが左掌の馴れ馴れしさや
満開の桜に嵐　誰一人なぶることなくわれは来たりし
冬の草刈られし土手の爽やかさ爽やかすぎるは寒さに通ず
遠戚を見ているようで報道に暴るる象を見るは悲しき
さくらばないざさらばまた逢う日までわれも内外《うちそと》あらためて待つ

どの作もいい。ここに作者の自画像が見えるというのはつまらない解釈になりそうだが、「誰一人なぶることなくわれは来たりし」は事実であろうし、「悲しき」も安易さを感じさせない奥行のある実感があり、「内外あらためて待つ」の清新、馴れることを忌避する鋭敏などがさまざまな形で胸に刺さる。

ふるさとの川の流れは緩やかに何か優しきものを運べる
声立てず笑まうよろしさおのが名を福寿草とも知らざるままに
入道雲あなうつくしと仰ぎ見つおもねるというわけにあらねど
石垣に触れて温度を確かむる余裕もあらず道を急げり
ロープウェイの乗客となり見下ろせば艮《うしとら》神社あられもなけれ
「かゆいところはないですか」とぞ墓石を洗う時にも声に出でたる
たかぶれるあなたを春のせいにして申し訳なしあなたにも春にも

自然詠もみずからを先だてることなく対象に没入し、既視感のないつよい独自性を獲得している。そんなことも見所のひとつであろうか。

百足には事実何本足がある　八人で漕ぐ舟が進まぬ
ぷかぷかと大浴槽に浮かべたる柚子の一つはかじられてあり

こともなき小庭の梅を褒められて顔ほころばす酒席の隅に

毛繕い、あくび、うたた寝尾道の猫は人にも増してはたらく

金鯉の泳ぐ茶店の宇治しぐれ終いの方はすすり上げたり

ふんわりしたユーモアからもありありと対象が見え、作者が見えるのもなみなみならぬ力量と言い得ることができそうだ。

熊本の和水《なごみ》町《まち》竈門《かまど》というふしぎな地名の所に住んでいる西川さんは、そこでこのような歌をつくっていたのだ。おおいに楽しみ感心しながら読ませていただいた。

この歌集を手にされるかたがたはどのようなおもいでお読みくださるであろうか。よき出立となるよう祈るばかりである。

二〇一八年晩春の金沢にて

あとがき

「短歌人」に入会して今年で二十五年が経ちます。人生の半分以上もの間、所属し続けたグループが他にもあるだろうかと考えてみますが、ちょっと思いつきません。そのことだけでも、私にとって「短歌人」は特別な存在なのだろうと思います。

短歌との出会いは「短歌人」入会の一年ほど前になりますが、とある雑誌で福島泰樹さんの連載エッセーを読んだのがきっかけでした。小コーナーとして読者が作った短歌作品が何首か掲載されていて、子供の頃から文学への漠然とした憧憬を抱いていた当時の私は、もしかしたらこれなら自分のものにできるのではないかと思い、短歌を作るようになりました。作った短歌は当時所属していた大学の創作系サークルの中で発表しましたが、短歌に理解のあるメンバーはほとんどおらず、期待していたほどの反応もなかったため、実力をつけるにはやはり短歌結社に入った方がいいと考え、何冊か取り寄せた見本誌の中から「短歌人」を選び、入会するに至りました。

入会して二十五年とは言いますが、その間には、まるで短歌から興味を無くし、短歌を作ることを投げ出してしまっていた期間もあります。それでも誌上に復帰を果たすことができたのにはいくつか理由はあったと思いますが、一番の理由は、入会当初より可愛がって頂いた今は亡き高瀬一誌さんのご厚情に報わねばならないとの思いが、ずっと心の中のどこかにあったからだと思います。昨年の短歌人賞受賞を機に、このたびようやく第一歌集を上梓できますことを天国の髙瀬さんにも感謝申し上げたく思います。

『晩冬早春』には、本格的に作歌を再開した二〇一三年の秋から二〇一七年の夏までの作品三五七首を収めました。ほとんどが「短歌人」に掲載された作品になります。一冊を通して一定のレベルを保ちたかったため、若い頃の作品の収録は見送りました。

歌集のタイトルは本歌集中の一首から取りました。思うに任せぬ日々を生きていく中で、季節の移ろいというものにいかに癒され、励まされていることかと、年を重ねるにつれて強く思うようになりました。美しい四季のある日本という国に生まれたこと、また、短歌という詩型に出会えたことを大きな喜びとし、これからも、ほそぼそとではありますが自分らしく生きていけたらと思います。

跋文は髙瀬さん同様、入会当初より可愛がって頂いている三井ゆきさんにお願いいたしました。私の歌人としての新しき門出に素敵な花を添えて頂きますこと、心より御礼申し上げます。

二〇一八年、風光る四月のとある日に

西川才象

著者略歴

西川才象（にしかわさいぞう）

1971年　熊本県生まれ
1993年　「短歌人」入会
2016年　第61回短歌人賞佳作
2017年　第62回短歌人賞受賞
現在、「短歌人」同人

〒865-0116
熊本県玉名郡和水町竈門463－1

晩冬早春

2018年 6 月12日 初版発行

著 者――西 川 才 象

発行者――宇田川寛之

発行所――六花書林
〒170-0005
東京都豊島区南大塚 3 -44-4 開発社内
電 話 03-5949-6307

発売――開発社
〒170-0005
東京都豊島区南大塚 3 -44- 4
電 話 03-3983-6052
FAX 03-3983-7678

印刷――相良整版印刷

製本――仲佐製本

定価はカバーに表示してあります
ISBN978-4-907891-62-6 C0092